Last month, I went camping
with Mommy and Daddy.

I found some new playmates—
two baby bears. I was having so
much fun I didn't see Mama Bear.

She didn't want strangers
to play with her babies.
She growled.
I was in trouble.

Then I heard a LOUDER growl.
Guess who was growling!

Mama Bear was surprised.

She even forgot her babies. I told
Clifford that Mama Bear was only
protecting her children.

Good old Clifford took the baby bears back to Mama Bear.

Then he took us all back to camp.

Luego nos llevó a todos de vuelta
al campamento.

El bueno de Clifford le
llevó los ositos
a la mamá osa.

Hasta se olvidó de sus pequeños.
Le dije a Clifford que la mamá osa
sólo quería proteger a sus hijos.

¡La mamá osa se llevó un gran
susto!

Entonces oímos un gruñido
MÁS FUERTE. ¡Adivina
quién era!

A la mamá osa no le gustó que una desconocida jugara con sus bebés. Dio un gruñido y me alzó en alto.

Me hice dos nuevos amigos: unos ositos.
Estaba tan entretenida que no vi venir
a la mamá osa.

El mes pasado me fui de campamento
con mi papá y mi mamá.